Le Gange

Diana Finley

Éditions Gamma

Paris — Tournai

La source du Gange

L'Inde est un des plus grands pays du monde. Sa population — 574 millions d'habitants — est supérieure à celle de l'Amérique ou de l'Afrique. Le Gange est un des plus grands et des plus importants fleuves indiens. Sa longueur est d'environ 2.700 kilomètres. Il prend sa source dans une grotte de l'Himalaya, et est alimenté par la fonte des neiges et des glaces des hauts sommets. De nombreux affluents se jettent dans le Gange lorsqu'il atteint, au pied des montagnes, une région de collines fraîches et boisées. Le fleuve arrose ensuite la plaine torride. Au fur et à mesure que le Gange se rapproche de la mer, le pays devient plus plat; le fleuve s'élargit et coule plus lentement. À certains endroits, le Gange est si lent et si peu profond que les gens peuvent passer à gué d'une rive à l'autre. Au-delà de Calcutta, le fleuve s'étale toujours davantage; puis il se divise en plusieurs bras, séparés par des marais insalubres : c'est le vaste delta du Gange. Ces bras se jettent finalement dans la mer.

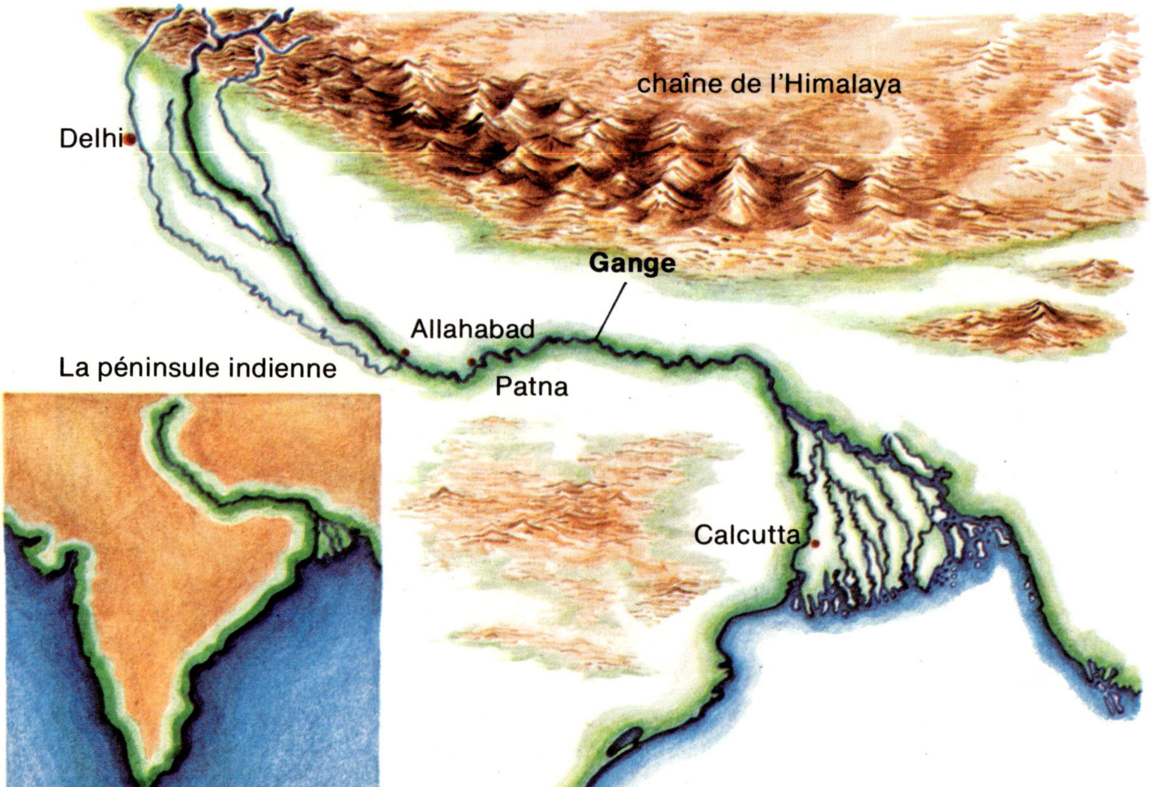

En Inde, la principale religion est l'hindouisme. C'est une religion très ancienne. Jadis, les habitants des diverses régions de l'Inde adoraient des dieux différents. Peu à peu, la plupart de ces croyances se mélangèrent et n'en formèrent plus qu'une : l'hindouisme. De nos jours, les hindous adorent de nombreux dieux; certains — comme Çiva — sont importants, d'autres le sont moins. Les hindous adorent aussi les arbres, les serpents, et surtout les fleuves. Ils pensent que les fleuves ont le pouvoir de les débarrasser du Mal et des esprits mauvais. Ils s'y baignent souvent pour se purifier.

La grotte du glacier Gangotri, dans laquelle le Gange prend sa source, est un des endroits les plus sacrés de l'Inde. Les chandelles de glace qui pendent à la voûte représentent, aux yeux des hindous, les boucles de la chevelure de Çiva. Les pèlerins viennent se baigner dans les eaux glacées, au voisinage du Gangotri.

La légende du Gange

Il y avait une fois un roi,
nommé Sagara, qui vivait en Inde.
Sagara avait un magnifique cheval
qu'il voulait offrir aux dieux.

Un jour, ce cheval lui fut volé.
Le roi Sagara en fut très attristé.
Il envoya à sa recherche tous ses
fils, à l'exception de Bhagiratha.

Les fils de Sagara fouillèrent
tout le pays, mais en vain.
Ils décidèrent alors de fouiller
aussi l'intérieur de la terre,
et creusèrent un trou très profond.

Ils creusèrent tant qu'ils atteignirent
un océan au milieu duquel vivait
un vieil homme. Le vieillard fut
très mécontent d'être dérangé par
les fils de Sagara.

Sa colère fut si grande qu'il devint brûlant comme du feu. Il fixa ses yeux flamboyants sur les frères, qui furent instantanément réduits en cendres.

Le Gange était alors un fleuve céleste. Bhagiratha, resté seul au palais, pria le Gange de venir sur terre et de rendre la vie à ses frères.

Le Gange craignait qu'en tombant du ciel, il ne fasse éclater la terre. Le dieu Çiva accepta de laisser le Gange couler tout au long de sa chevelure, jusqu'à la terre.

Le Gange coula ainsi sur les cendres des fils de Sagara, qui ressuscitèrent. Depuis lors, le Gange est non seulement un fleuve céleste, mais aussi un fleuve terrestre.

La civilisation de l'Indus

La première grande civilisation, en Inde, n'a pas pris naissance sur les bords du Gange, mais sur les rives de l'Indus. Ce fleuve traverse le nord-ouest de l'Inde et l'actuel Pakistan. Vers l'an 2000 avant Jésus Christ, de grandes cités prospéraient dans la vallée de l'Indus. Ces villes avaient un système assez complexe de canalisations d'égouts. Les rues, tracées de façon rectiligne, se coupaient à angle droit.

Le sol de la vallée était assez sec, mais, chaque année, à la saison des pluies, l'Indus sortait de son lit. Les paysans pouvaient alors irriguer les champs situés près du fleuve. À l'aide d'outils assez rudimentaires, ils cultivaient du blé, qu'ils engrangeaient dans d'énormes greniers construits en briques. Ces anciens Indiens construisirent aussi des barrages et des canaux pour contrôler les crues du fleuve.

De petite taille, les habitants de la vallée de l'Indus avaient la peau sombre, les cheveux noirs et frisés, et le nez plat. Leur écriture reste pour nous indéchiffrable. C'est vraiment regrettable car, si nous parvenions à la lire, nous apprendrions bien des choses sur leurs coutumes et leur façon de vivre.

Tout ce que nous savons, nous l'avons appris grâce aux vestiges qui ont été découverts : ils élevaient du bétail, domestiquaient les chiens et les chats, confectionnaient des bijoux, façonnaient des pots qu'ils décoraient de façon artistique... Ils fabriquaient aussi des jouets pour leurs enfants : de petits animaux, des chariots... On a même retrouvé une petite vache dont la tête ballotte.

L'invasion aryenne

Aux environs de 1500 avant Jésus Christ, l'Inde fut envahie par les Aryens qui avaient déjà conquis une grande partie de l'Europe et de l'Iran. Ces guerriers conduisaient des chars tirés par des chevaux. Jusqu'alors, les Indiens ne connaissaient que les chevaux sauvages. Les Aryens avaient découvert un métal, qui était peut-être le fer. Leurs armes et leurs outils, fabriqués avec ce métal, étaient beaucoup plus solides que ceux utilisés par les Indiens. Les Aryens n'eurent aucune peine à conquérir la vallée de l'Indus.

Les Aryens apportèrent en Inde leur langage : le sanscrit. La plupart des langues modernes européennes lui sont apparentées. Ils introduisirent aussi en Inde une nouvelle religion qui, mêlée à d'autres croyances, devint plus tard l'hindouisme. L'utilisation du fer constitua un progrès important. Grâce aux outils métalliques plus solides, les Aryens purent ensuite se frayer un chemin à travers la jungle épaisse, à la conquête de nouveaux territoires.

guerriers aryens

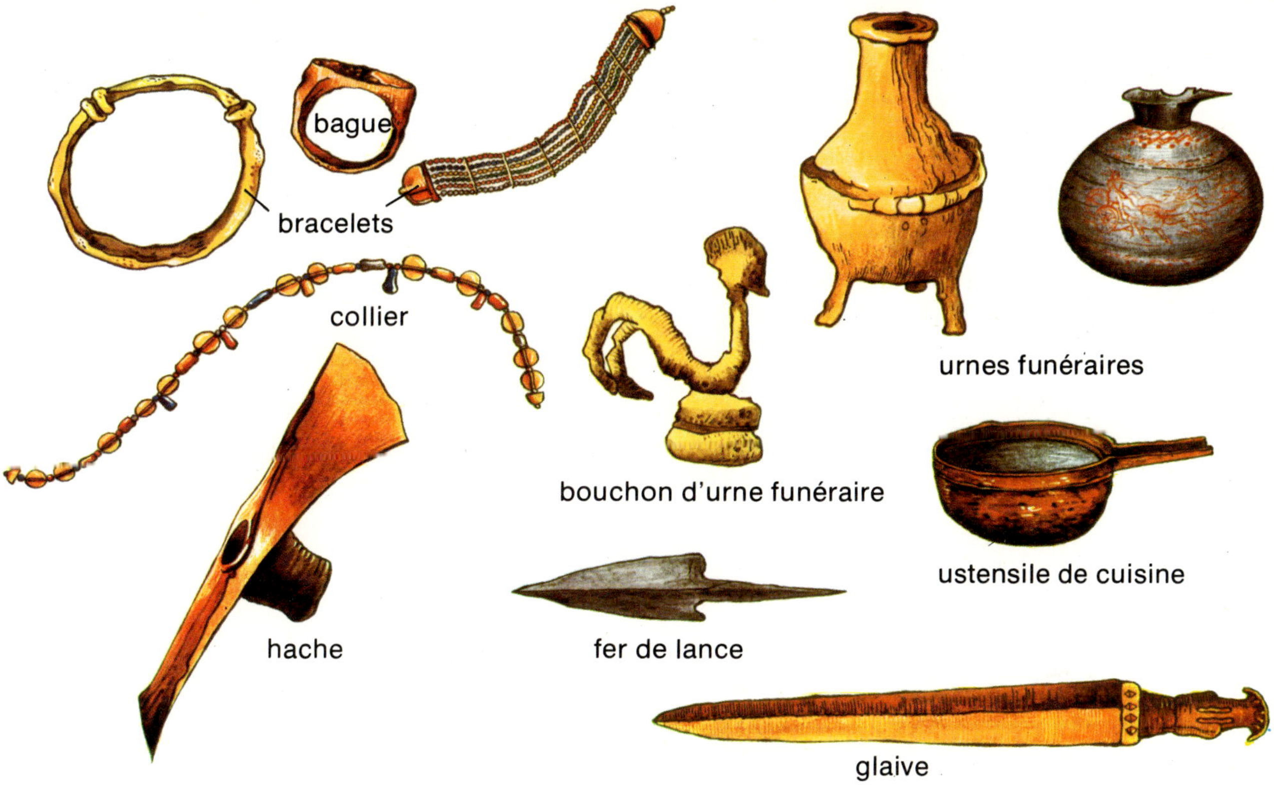

Les Aryens explorèrent ainsi d'autres régions de l'Inde; ils découvrirent finalement le Gange.

La forêt équatoriale fut abattue le long du fleuve, et les terres défrichées. Dans cette région, le sol était plus fertile que dans la vallée de l'Indus et les pluies étaient beaucoup plus abondantes. Au lieu de semer du blé, les habitants de la vallée du Gange cultivèrent du riz.

Les Aryens s'installèrent pacifiquement dans la vallée et y élevèrent du bétail. Des rizières s'étirèrent tout au long de la fertile plaine du Gange. Les Aryens bâtirent de grandes et splendides cités. La vallée du Gange fut appelée « le pays des Aryens ».

Les anciennes villes du Gange

Peu à peu, de grandes villes comme celle-ci s'élevèrent sur les rives du Gange. De merveilleux palais abritaient les souverains, qui étaient appelés des maharadjah. Les murs extérieurs étaient incrustés d'or et de pierres précieuses. Les maharadjah recevaient les ambassadeurs en visite dans les somptueuses pièces du palais ou dans les gracieuses cours intérieures. Les jardins, avec leurs bocages ombragés, étaient un véritable enchantement.

Bien entendu, les Indiens ordinaires n'habitaient pas de tels palais, mais de simples maisons. Chaulées en façade, elles avaient plusieurs étages et deux entrées : une sur la rue, l'autre à l'arrière, sur le jardin. Quand il faisait très chaud, les gens dormaient sur les toits plats.

Le commerce était florissant dans ces villes. Dans les rues très animées, de riches seigneurs et leurs épouses, vêtues avec recherche, croisaient des ménagères et des domestiques faisant leurs emplettes, des moines, des paysans et des mendiants. Parmi tout ce monde, il fallait trouver un passage pour les éléphants, les chameaux et les chars à bœufs.

Se laver était un acte très important pour les anciens Indiens. La plupart des familles procédaient à leurs ablutions dans une grande cuve, située souvent dans une construction spéciale, de pierres ou de briques, proche de l'habitation. Les Indiens aimaient aussi les animaux apprivoisés : ils avaient souvent une volière avec de petits oiseaux chanteurs, ainsi que des oies, des perroquets parleurs, des paons, et une mangouste qui protégeait la maisonnée des serpents.

Les tribus des montagnes

Dans son cours supérieur, le Gange coule à travers montagnes et forêts. Des tribus très anciennes vivent dans cette région. Leur langue, leur religion et leur mode de vie sont très différents de ceux du reste de l'Inde.

Bien que ces montagnards ne soient pas hindous, ils adorent le soleil, ou les fleuves, ou les arbres, et de nombreux autres dieux. Ils leur offrent des sacrifices pour obtenir leurs faveurs. Autrefois, certaines tribus offraient des sacrifices humains; maintenant, seuls des animaux sont tués. Les tribus des montagnes ont peur des démons qui vivent — croient-elles — dans les forêts. Les maladies, les maigres récoltes, les chasses infructueuses, tout cela serait causé par les démons. De nombreuses tribus ont leur sorcier; elles croient qu'il les préserve du danger et qu'il peut guérir les malades.

De dangereux animaux sauvages, notamment des tigres et des sangliers, vivent dans ces forêts. Mais le plus grand des dangers vient des moustiques qui y abondent et qui, par leur piqûre, transmettent une maladie: la malaria.

Bien que de nombreuses tribus des montagnes cultivent un peu la terre, elles se nourrissent principalement de viande. Les hommes sont d'adroits chasseurs; ils ont inventé différentes sortes d'armes et de pièges pour s'emparcr des animaux sauvages. Ils cueillent aussi des baies et pêchent au moyen de nasses.

Leurs maisons, au toit de chaume, sont généralement construites en bois ou en bambou.

meule

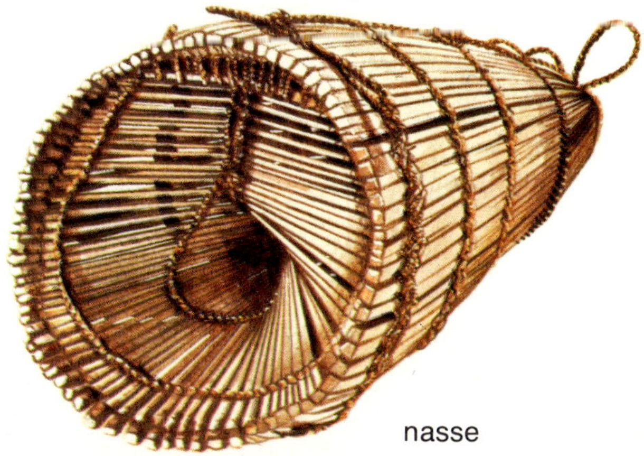

nasse

La vie dans les villages

La plupart des Indiens vivent dans de petits villages assez éloignés les uns des autres, comme il y en a tout au long du Gange. Généralement, les maisons, aux murs de boue séchée au soleil, s'alignent de chaque côté d'une seule rue. La principale activité des villageois est l'agriculture. Les Indiens cultivent surtout le riz. Ils irriguent les rizières avec l'eau du Gange. Les vaches circulent librement dans le village. La vache est un animal sacré; c'est pourquoi on ne l'abat jamais. La bouse de vache, ramassée dans les rues et séchée, servira de combustible ou de « ciment » pour couvrir les toits. Dans les villages indiens, tous doivent travailler dur, dès le plus jeune âge. Les garçons gardent le bétail dans les champs. Les fillettes s'occupent de leurs jeunes frères et sœurs et aident leur mère aux travaux du ménage. Il faut aller puiser l'eau à la rivière.

La plupart des villageois indiens sont très pauvres. Leur vie est simple et rude. Presque tout ce dont ils ont besoin est fabriqué au village. Quand tout va bien, leurs cultures suffisent à les nourrir. Quand elles sont pauvres ou anéanties par la sécheresse, la famine fait des victimes. Les femmes réduisent en farine le riz et les autres céréales. Les villageois vont parfois à la ville pour vendre leurs produits, mais en général ils ne quittent guère leurs villages.

Blanchissage et teinture

Très peu d'Indiens disposent d'eau courante dans leurs maisons. Plus rares encore sont ceux qui ont des machines à laver. Le linge à blanchir est confié à des gens appelés dhobis. Aucune famille ne lave son propre linge, à moins qu'elle ne soit une famille de dhobis. Les dhobis emportent d'énormes piles de linge sur les rives du Gange, où ils lavent et battent les vêtements sur les pierres jusqu'à ce qu'ils soient propres.

Chaque Indien est membre d'une caste, c'est-à-dire d'une classe, d'un groupe fermé. Les membres d'une caste ne peuvent se marier avec ceux d'une autre caste. Souvent même, il leur est interdit de manger avec quelqu'un d'une autre caste.

Il y a des castes de différents niveaux; certaines sont de haut rang, d'autres de basse classe. Souvent, les membres d'une caste exercent un même métier, comme les dhobis, qui sont blanchisseurs.

L'eau du Gange est aussi utilisée pour la teinture des étoffes. En Inde, les bandes de tissu ont toujours environ six mètres de long, afin de pouvoir être enroulées en saris. L'étoffe est plongée dans une grande bassine emplie de teinture. Les hindous ne se servent jamais de teintures animales, car ils ne veulent pas tuer d'animaux pour cela; ils utilisent donc des teintures végétales, tels l'indigo et le safran. Les Indiens aiment les couleurs vives, comme le rouge, le bleu, le jaune. Quand le tissu a pris la nuance voulue, on le retire du bain colorant et on le rince dans le Gange. L'étoffe est ensuite étalée sur la rive pour y sécher.

La pêche et les bateaux

Contrairement à nos grands fleuves occidentaux, le Gange n'est pas encore pollué par les résidus industriels. Les poissons peuvent encore s'y nourrir et s'y multiplier.

Les méthodes de pêche n'ont guère évolué depuis les temps anciens. La plupart des pêcheurs utilisent toujours de frêles embarcations de bois. Certains bateaux sont munis de longues perches de bambou auxquelles les filets sont suspendus. Mais le plus souvent, le pêcheur jette un filet à main, comme celui-ci.

Depuis toujours, le Gange est un chemin de grande communication, tant pour le commerce que pour les déplacements. Avant la construction de véritables routes, les bateaux étaient le mode de transport le plus aisé dans le nord de l'Inde.

De nos jours, toutes sortes de bateaux naviguent sur le Gange. Les bateaux de pêche, si gracieux avec leurs filets qui se balancent, croisent des péniches transformées en maisons d'habitation avec sièges et terrasses — les oulaks — et des barges lourdement chargées de marchandises. Parfois, un bateau à moteur se faufile parmi ces embarcations traditionnelles.

Les animaux du Gange

Autrefois, la plaine du Gange était couverte d'une jungle épaisse, peuplée d'animaux sauvages. Certains de ces animaux, comme les lions, ont presque disparu. La majeure partie de la forêt tropicale a été abattue. Les animaux sauvages qui subsistent se sont réfugiés dans les montagnes et les collines. Les animaux que l'on voit le long du Gange sont presque tous domestiqués. Cependant, un tigre mangeur d'hommes s'aventure parfois dans un village. Les éléphants exécutent de lourds travaux. Ils transportent les troncs d'arbres de la forêt jusqu'au fleuve. Les troncs descendent ensuite le Gange en flottant jusqu'à la scierie. Après une rude journée de labeur, les éléphants apprécient un bon bain dans le fleuve. Les buffles rendent également de grands services aux villageois indiens. Ils tirent charrettes et charrues; ou bien ils tournent sans fin, actionnant ainsi une meule ou une roue à aubes qui sert à l'irrigation.

Les charmeurs de serpents vont de ville en village, tout au long du Gange, avec un cobra dans un panier. Le charmeur de serpent joue de la flûte. Le cobra ne la quitte pas des yeux et se balance en mesure, au rythme des mouvements de la flûte.

Un charmeur de serpent.

Des colonies de singes rhésus, très bruyants, hantent les temples de Bénarès.

Un spectacle très courant en Inde : les enfants y apprennent, très jeunes, à conduire les buffles.

Calcutta

Calcutta est la plus grande ville des bords du Gange. C'est le plus important centre industriel de l'Inde et l'un des plus grands ports d'Asie. Vers 1700, Calcutta n'était qu'un poste commercial européen, situé près de trois petits villages. Quand l'Inde devint colonie britannique, Calcutta en fut la capitale, jusqu'en 1912. Contrairement à la plupart des villes indiennes, Calcutta n'a ni ruines, ni temples antiques; c'est une ville animée et surpeuplée. Les rues étroites sont encombrées de trams, d'autobus, de taxis, de voitures, de chars à bœufs. Le moyen de transport le plus rapide, c'est finalement le pousse-pousse, petite voiture légère traînée par un coureur, ou le vélo-pousse. Sur l'autre rive du fleuve se trouve le centre industriel de Howrah. On y trouve des industries sidérurgiques et chimiques, des papeteries, des sucreries, des usines de construction automobile, des filatures de coton et de jute. La fibre de jute brut est amenée par bateaux, de la campagne à la filature. Le jute y est nettoyé, filé et tissé en toiles d'emballage, de tente, ou en toiles à voiles.

Lorsque les Anglais se retirèrent, en 1947, l'Inde et le Pakistan furent séparés. Des troubles éclatèrent et des milliers de personnes se réfugièrent à Calcutta. En 1971, fuyant la guerre du Bangladesh, les réfugiés se firent encore plus nombreux. En outre, quantité de villageois, en quête de travail, affluent sans cesse vers la ville déjà surpeuplée. Faute de maisons, beaucoup vivent dans la rue ou se construisent des sortes de huttes au moyen de matériaux de récupération.

Les Anglais ont introduit en Inde certaines traditions britanniques. Ils y aménagèrent des terrains de golf et des champs de courses. Quelques-unes de ces traditions se sont maintenues après leur départ. Ainsi, les Indiens fortunés aiment se rendre au champ de courses de Calcutta.

Les pèlerins du Gange

Chaque année, des milliers d'hindous se rendent sur les bords du Gange, principalement à la ville sainte de Bénarès; ils viennent se baigner dans le Gange et boire son eau sacrée. Cela constitue un pèlerinage. Les pèlerins viennent souvent des plus lointaines régions de l'Inde. Ils voyagent à pied, même s'ils sont assez riches pour se déplacer en train ou en voiture. Généralement, c'est toute la famille — bébés et grands-parents compris — qui entreprend le pèlerinage. Les femmes portent les enfants trop petits pour marcher. Les pèlerins n'emportent avec eux que le strict minimum : un petit paquet par personne. Ils dorment à la belle étoile, ou dans des gîtes spécialement prévus pour eux. Il arrive cependant qu'un hindou parte seul en pèlerinage, pour expier une faute ou pour remercier un dieu d'avoir exaucé sa prière.

Souvent, les pèlerins mendient leur nourriture, non pas parce qu'ils manquent d'argent, mais parce qu'ils veulent ainsi apprendre l'humilité. Ils croient aussi que mendier leur portera bonheur, leur gagnera des mérites, comme à ceux qui leur font l'aumône. C'est pourquoi les Indiens donnent volontiers à manger aux pèlerins.

Après s'être baignés et abreuvés dans le Gange, les pèlerins mettent souvent de l'eau du Gange en bouteilles. Ils les emportent chez eux, loin du fleuve sacré, et ils en offrent aussi aux parents et amis qui n'ont pu venir eux-mêmes en pèlerinage. À certains endroits, des bouteilles spéciales, destinées à contenir de l'eau du Gange, sont mises en vente à l'intention des pèlerins.

Normalement, les pèlerins mendient leur nourriture au cours de leur voyage.

Les pèlerins emplissent les bouteilles qu'ils rapporteront à leurs parents et amis.

Les bains dans le Gange

Les hindous se baignent toute l'année dans le Gange, mais spécialement lors des fêtes religieuses, comme à la nouvelle lune. En se lavant dans le fleuve, ils croient se dépouiller de toute maladie et de tout péché. L'illustration représente des baigneurs à Bénarès. Le pèlerinage à Bénarès est une obligation pour les hindous : ils doivent l'accomplir au moins une fois dans leur vie.

C'est un spectacle fascinant que celui de la foule mouvante et sans cesse renouvelée qui se presse, au lever du soleil, sur les larges escaliers conduisant aux eaux sacrées. Tandis que, sur les berges, des sages pratiquent des exercices de méditation, dans le fleuve, tournés vers le soleil, les pèlerins se baignent et les prières de tout un peuple s'élèvent vers la divinité.

C'est par familles entières que les pèlerins se baignent dans le Gange. Ils se plongent dans l'eau et se lavent entièrement, même les cheveux, tout en récitant des prières. Les bébés aussi sont plongés dans le fleuve pour devenir grands et forts. Tous boivent l'eau sacrée. Les femmes se baignent et se lavent, drapées dans leurs saris. Puis, assises sur les marches, elles se sèchent au soleil.

Les hindous n'ignorent pas que le Gange charrie quantité de détritus de toutes sortes. Cependant, comme le Gange est pour eux un fleuve sacré, ils ne croient pas qu'il puisse transporter des germes de maladies comme la typhoïde ou le choléra. Ils boivent l'eau du fleuve et n'en sont nullement incommodés.

La mort et la crémation

Comme le Gange est sacré, les Indiens désirent ne pas en être éloignés à l'heure de la mort, et même, si possible, mourir sur la rive du fleuve. Quand un vieillard sent que sa fin est proche, sa famille l'amène au bord du Gange, où il attend la mort.

En Inde, les cadavres sont généralement incinérés. La famille du défunt se charge elle-même de l'opération. Le fils aîné allume le bûcher. À la mort de son mari, la veuve revêt un simple sari blanc. Elle ne portera jamais plus de bijoux ni de vêtements recherchés.

La famille du défunt surveille et entretient le feu. La crémation dure souvent plusieurs heures. Parfois même, la famille passe la nuit entière près du bûcher qui se consume.

Quand la crémation est terminée, les cendres du défunt sont rassemblées, puis jetées dans le Gange. Les Indiens croient que l'eau du fleuve rendra le défunt à une vie nouvelle, ce qui les empêche d'être trop tristes.

La traversée du fleuve

La plus grande partie de l'année, le Gange est large, mais lent et peu profond. Il change parfois de lit lorsque des bancs de sable se forment par endroits. À la saison des pluies, le Gange se transforme en torrent impétueux. Autrefois, construire un pont était une entreprise difficile et hasardeuse. Les légers ponts de bois étaient souvent emportés par le courant violent. Par contre, à la saison sèche, le niveau d'eau était si bas que les gens traversaient tout simplement à pied.

Le plus souvent, la traversée d'un fleuve s'effectuait au moyen d'un pont de bateaux, c'est-à-dire de petits bateaux attachés l'un à l'autre et qui pouvaient être séparés si nécessaire. Il y avait aussi plusieurs sortes de bacs. L'un d'eux, plutôt original, était constitué par la peau d'un buffle gonflée d'air. Après avoir payé sa traversée, le passager se couchait sur le passeur et s'accrochait fermement à la peau de buffle. Le passeur pagayait dans cette position inconfortable. Lorsque le courant était rapide, la traversée était périlleuse.

La plus ancienne méthode pour franchir un fleuve est de le passer à gué. Comme le Gange est souvent peu profond, c'est généralement facile. Mais à certains endroits, et après les pluies de la mousson, les Indiens doivent parfois longer très longtemps le fleuve avant de trouver un passage où il est possible de traverser sans danger.

passage à gué

Ces dernières années, des ponts suspendus, modernes et solides, ont été construits; ils permettent aux piétons ainsi qu'aux trains et aux autos de franchir le fleuve en toutes saisons.

Évolution et modernisation

Presque partout en Inde, les fermiers sont à la merci des pluies de la mousson. S'il ne pleut pas assez, les récoltes dépérissent et meurent. Depuis peu, les fermiers apprennent à mieux irriguer leurs terres; l'eau de pluie est emmagasinée dans des réservoirs et les récoltes sont arrosées mécaniquement.

De nouvelles usines sont édifiées un peu partout dans les grandes villes, et notamment à Calcutta. Un grand nombre d'Indiens veulent y travailler. Auparavant, ils doivent apprendre à se servir des outils et des machines modernes. Ils peuvent ensuite trouver de meilleures places dans les usines.

Il y a peu, les fermiers ne cultivaient la terre qu'à l'aide d'outils à main et de charrues rudimentaires. Il leur fallait l'aide de nombreux fils pour travailler aux champs. Maintenant, des engins agricoles modernes, comme les tracteurs, font leur apparition. Les fermiers pauvres en achètent parfois un en commun.

Autrefois, très peu d'enfants allaient à l'école. Les parents avaient besoin d'aide, à la maison et aux champs. À l'heure actuelle, beaucoup d'enfants apprennent à lire. Les parents estiment que l'instruction est nécessaire. Même les plus pauvres essaient d'envoyer leurs enfants à l'école.

Agriculture et mousson

Les habitants de la plaine du Gange dépendent de l'agriculture pour leurs besoins quotidiens. Heureusement, c'est l'une des plus fertiles régions de l'Inde. Des centaines d'années durant, la forêt a été abattue pour faire place aux terres de culture et aux villages.

Comme partout ailleurs dans le monde, les récoltes ont besoin d'eau pour pousser. Dans cette partie de l'Inde, il ne pleut pas pendant la plus grande partie de l'année, parce qu'un vent sec vient du continent. En juin et juillet, le temps est très chaud et sec. La terre durcit et se crevasse. En de nombreux endroits, le Gange et d'autres fleuves sont complètement à sec; les puits aussi peuvent être épuisés.

Puis le vent change de direction : il souffle de l'océan Indien et chasse de gros nuages noirs vers l'intérieur du pays. Ces nuages s'accumulent pendant plusieurs jours. Ils crèvent enfin et une véritable trombe d'eau s'abat sur le pays. Il pleut ainsi plusieurs heures chaque jour. Ces pluies torrentielles sont appelées pluies de mousson.

L'eau s'infiltre dans la terre desséchée et remplit les lits des rivières et les puits. Ces dernières années, des barrages et des canaux ont été construits pour essayer de retenir le plus possible de cette eau précieuse.

Parfois, les nuages s'amoncellent comme chaque année, mais il ne tombe pas une seule goutte de pluie. Alors les récoltes dépérissent. La terre est brûlée par le soleil. La sécheresse cause la mort du bétail. Les récoltes étant perdues, il arrive que beaucoup d'Indiens meurent des suites de la sous-alimentation.

Comme la mousson se développe à partir du sud-ouest, les pluies sont plus abondantes dans le delta — là où le Gange se jette dans la mer — et dans la région de Calcutta. Les rues sont alors inondées. Les piétons doivent relever leurs vêtements avant de s'aventurer au-dehors. Dans cette partie de la plaine du Gange, les Indiens cultivent d'autres céréales qu'à l'intérieur du pays, où il pleut moins. La principale culture du delta est le riz, céréale qui demande beaucoup d'eau.

Dans la partie centrale de la plaine du Gange, les pluies sont moins abondantes. On y cultive encore du riz, mais aussi du blé, du maïs, du millet et de la canne à sucre. En remontant le cours du Gange, le climat devient encore plus sec. Le riz est moins cultivé, mais on trouve davantage de blé et d'orge. Le blé est la principale culture céréalière de cette région. Réduit en farine, il sert à confectionner une sorte de pain, en forme de galette plate et ronde.

Le port de Calcutta

Calcutta est un grand port international. À Kidderpore Docks, de grands cargos sont chargés et déchargés. Les docks sont un ensemble de bassins, de jetées et d'entrepôts. Près de la moitié du commerce maritime indien passe par le port de Calcutta. Des millions de tonnes de marchandises sont exportées chaque année. Les principales exportations sont le jute, les peaux, le charbon et le thé. L'Inde importe d'autres produits, notamment du sel, du pétrole et des machines.

Kidderpore Docks est un secteur vital pour Calcutta. De nombreux Indiens y travaillent comme dockers, à charger et décharger les navires. Une main-d'œuvre abondante est employée dans les chantiers navals; la construction de navires est une industrie en pleine expansion. Les marins et les visiteurs étrangers dépensent beaucoup d'argent à Calcutta, et cet apport financier est le bienvenu. Sans Kidderpore Docks et sans son port, Calcutta serait encore plus pauvre qu'elle ne l'est.

Le port de Calcutta est situé à plus de 100 kilomètres de la mer. Il est difficile et même dangereux de naviguer sur le Gange. Le fleuve charrie en effet d'énormes quantités de boue fine : la vase. La vase qui s'accumule finit par former des bancs. Des bouées indiquent l'emplacement de ces bancs, mais malgré cela, les pilotes doivent être prudents et adroits : de nouveaux bancs se forment sans cesse. Le lit du fleuve doit être très souvent dragué. Les bateaux lourdement chargés doivent parfois patienter jusqu'à ce que la vase ait été enlevée.

Il faut trois jours de navigation du port à la mer. Un matériel moderne peut aider les pilotes à diriger leurs navires, mais des accidents se produisent encore fréquemment. Autrefois, de nombreux bateaux coulèrent entre Calcutta et la pleine mer. Leurs épaves, qui émergent parfois, accroissent encore les dangers auxquels doivent faire face les pilotes, parmi les bancs de boue et au milieu d'une navigation fluviale intense.

Le festival de Durga

Tous les ans a lieu à Calcutta un grand festival appelé Durgapuja. Ce nom signifie : « qui adore la déesse Durga ». Les hindous de Calcutta croient que Durga, la sœur du Gange, est née dans leur ville, puis qu'elle s'est rendue dans l'Himalaya pour y devenir la seconde femme du dieu Çiva, qu'elle revient chaque année chez ses parents, à Calcutta, où elle séjourne une semaine, et qu'elle retourne ensuite auprès de son mari, dans l'Himalaya. Les fêtes de la Durgapuja ont lieu durant la semaine où Durga visite ses parents. Dans chaque temple de la ville, les Indiens confectionnent une grande statue de papier mâché, qu'ils peignent de couleurs vives. Ces représentations de Durga sont vénérées pendant toute la semaine. Puis, les statues sont jetées dans le Gange, afin que la déesse puisse rejoindre Çiva dans les montagnes de l'Himalaya, à l'autre bout du Gange.

Le festival de Kalighat

Non loin de l'actuelle ville de Calcutta se trouve l'ancien temple de Kalighat. « Calcutta » est la façon européenne de prononcer le mot indien « Kalighat », qui signifie : temple de Kali. Ce temple célèbre était dédié à Kali, la déesse buveuse de sang.

De nos jours, un temple se dresse encore sur la rive du fleuve. Il contient une grande statue de Kali. Des chèvres y sont parfois sacrifiées et offertes à la déesse. Un hindou tient fermement la chèvre par les pattes postérieures; un autre lui tient la tête; un troisième homme abat d'un coup sec un sabre recourbé et tranche la tête de la bête. La tête est ensuite placée au pied de la statue de Kali.

Le festival Kumbha Mela

À Allahabad, le Gange est rejoint par un grand affluent : la Yamuna. De nombreux hindous croient qu'une autre rivière, qui serait invisible, la Sarasvati, se jette aussi dans le Gange à cet endroit. Le confluent des cours d'eau sacrés est appelé Prayaga.

Chaque année, vers le milieu de l'hiver, un festival spécial — la Kumbha Mela — se tient à Prayaga. Des milliers de pèlerins affluent alors vers Allahabad, parfois même de très loin, pour se livrer à des ablutions purificatrices et pour prier. Tout un peuple, en processions incessantes, se baigne dans le fleuve sacré.

Le festival Divali

Divali — le festival des lumières — est un des plus intéressants festivals indiens. Les hindous le célèbrent chaque automne, dans l'Inde entière, en l'honneur de Lakshmi, la déesse de la chance. La célébration dure six jours. Les familles vénèrent Lakshmi, d'abord chez elles, puis au temple. Au fil des jours, différentes histoires concernant la déesse sont racontées. Le quatrième jour du festival, par exemple, c'est celle du dieu Vishnu triomphant d'un esprit mauvais, un démon nommé Bali. Pendant le festival, les hindous revêtent de nouveaux habits. Ils allument des bougies, lanternes et lampes, et tirent des feux d'artifice. La nuit, le ciel en est tout illuminé.

Les noms du Gange

Aux yeux des Indiens, le Gange possède de très nombreuses qualités. C'est pourquoi ils ont donné au fleuve 108 noms différents, tous féminins, puisqu'ils considèrent le Gange comme leur mère. En voici trente :

Ganga	Gange
Himacalendra-tanaya	Fille du Seigneur de l'Himalaya
Giri-Mandala-gamini	Qui coule dans la montagne
Sagaratmaja-tarika	Libératrice des fils de Sagara
Sughosa	Mélodieuse
Bhagyavati	Heureuse, fortunée
Ksira-subhra	Blanche comme le lait
Trilocana-jata-vasini	Qui habite dans les boucles emmêlées de Çiva
Nata-bhiti-hrt	Qui enlève la peur
Nayanananda-dayini	Régal pour l'œil
Naga-putrika	Fille de la montagne
Bhagya-janani	Source de bonheur
Sighra-ga	Au cours rapide
Siddha	Parfaite, sainte
Sasi-sekhara	Couronnée de lune
Saphari-purna	Poissonneuse
Ananta	Éternelle
Sarac-candra-nibhanana	Pareille à la lune d'automne
Duhkha-hantri	Consolatrice
Daridrya-hantri	Destructrice de la pauvreté
Santi-santana-karini	Pacificatrice
Papa-hantri	Destructrice du péché
Puratana	Ancienne
Puta	Pure
Japa	Qui murmure
Jangama	Qui vit et bouge
Jagad-d-hita	Amie de l'univers
Jagan-matr	Mère de l'univers
Ramya	Enchanteresse
Ajnana-timira-bhanu	Lumière parmi les ténèbres de l'ignorance

Poème sur le Gange

Le Gange a été aimé, admiré, adoré tout au long des siècles. Il a même inspiré les poètes.

« Oh! festival de la vraie religion,
couronne de Dieu,
épouse de l'Océan, fille de Jahnu,
ô Gange! je te prie :
que je meure sur ton rivage,
bercé par toi, les yeux sur toi,
le cœur empli de ton saint nom... »

Index